繽紛中華

中國節日

馬艾思 著　黃裳 繪

新雅文化事業有限公司
www.sunya.com.hk

今天是除夕，
查理和盈盈在倒數午夜來臨。

五……四……三……二……一，新年快樂！
突然，一隻可愛的精靈出現了。

小朋友，你們好！
我是來自中國的小龍，
你們想認識中國節日嗎？

兩個小孩目瞪口呆，非常驚訝。
他們當然想跟隨小龍去見識新事物。

就從農曆新年開始吧！
農曆新年是中國人慶祝每個農曆年開始的節日。
農曆新年的第一個月份稱為正月，
家人會拜年相聚，交換禮物，互送祝福，
小孩更會收到父母和長輩送贈的紅封包。

過年期間，
人們還會放爆竹，舞龍舞獅，
以趕走厄運，帶來好運氣。

接着便是農曆正月十五元宵節。
元宵節是農曆新年慶祝活動的尾聲。

當天晚上，人們會燃點和高掛彩色花燈，祈求吉祥。
讓我們跟親友一同欣賞美麗的花燈，
歡度元宵佳節吧！

這天我們會猜燈謎。
我有一道燈謎想考考你：
有時候，圓又圓，
有時候，彎又彎，
有時晚上出來了，
有時晚上看不見。
你猜是什麼？

答案：月亮

四月初，有一個中國節日叫清明節，
它是二十四節氣之一。
當天，我們會祭祀祖先，紀念已故親人。

人們會前往先人的墓地，
清理塵埃和落葉。
他們也會帶備鮮花和食物，向先人致意。
雖然先人已經離世了，
但是他們永遠活在我們心裏。

你知道接着是哪個節日嗎？
就是農曆五月初五端午節了。

這天，人們會在河上賽龍舟，也會吃糭子。
糭子形狀像個金字塔，材料有豬肉、
黃豆、冬菇等，十分可口。
快來參與節慶活動，體驗中國傳統習俗吧！

小朋友，聽好了，現在是講故事的時間！
從前，天上住了牛郎和織女，
兩人深愛對方，卻被浩瀚的銀河分隔，
每年只能相見一次。

後來，這個傷心故事變成了中國情人節。
跟二月十四日的西方情人節不同，
中國情人節在農曆七月初七，所以又名七夕。
下次到了這個特別的日子，
不忘向父母等摯愛表達加倍愛意。

農曆八月十五日，月亮又圓又明亮時，
便是中秋節。
準備好迎接這個人月兩團圓的日子嗎？

每個國家都會慶祝國慶，中國也不例外。
中國國慶在每年十月一日，
當天就像國家的大型生日會。

16

在這個普天同慶的日子，
中國各地會有大型花車巡遊，
也有很多文藝表演活動，熱鬧非常。

想到郊外呼吸新鮮空氣嗎？
我們現在就去登高和放風箏，
體驗農曆九月初九重陽節的傳統習俗吧！

重陽又名「重九」，有長長久久的意思。
在這富有意義的節日，我們會向長輩致敬，
祝福他們健康長壽。下次到了重陽節，
不妨探望祖父母，給他們愛心抱抱。

你有聽過冬至嗎？
冬至是全年日照時間最短，夜晚時間最長的一天。

世界各地的人會以不同形式慶祝冬至。

冬至通常在十二月下旬，

而且和清明一樣，都是二十四節氣之一。

冬至當日，中國人喜歡與家人共晉大餐。

即使外面很冷，家人暖暖的關懷令冬至滿載歡樂。

來到一年裏最後一個中國節日——臘八節。
在臘八節，我們祭祀祖先和神靈，
答謝一年的農作物收成，同時祈求明年豐收。

臘八節與西方的感恩節
有點相似，
兩個節日都會為所得的
食物而感恩。

在這特別的日子，我們會吃美味的臘八粥，
粥料包括豆、五穀和乾果。
人們相信，進食臘八粥能帶來吉祥、健康和快樂。
你們也想嘗嘗嗎？

佳節一個接一個，
查理和盈盈從小龍身上
學習了很多中國節日知識。

夜深了，他們愉快地入睡。
兩人做夢也想着下一個要慶祝的節日。
小朋友，你喜愛哪個中國節日呢？

中國節日 漢英詞彙

農曆新年
🔊 nóng lì xīn nián
🆔 Chinese New Year

元宵節
🔊 yuán xiāo jié
🆔 Lantern Festival

清明節
🔊 qīng míng jié
🆔 Tomb Sweeping Day

端午節
🔊 duān wǔ jié
🆔 Dragon Boat Festival

七夕
🔊 qī xī
🆔 Chinese Valentine's Day

中秋節
🔊 zhōng qiū jié
EN Mid-Autumn Festival

重陽節
🔊 chóng yáng jié
EN Double Ninth Festival

國慶
🔊 guó qìng
EN National Day

冬至
🔊 dōng zhì
EN Winter Solstice

臘八節
🔊 là bā jié
EN Laba Festival

27

繽紛中華

中國節日

作者：馬艾思

繪圖：黃裳

翻譯：小新

責任編輯：黃稔茵

美術設計：郭中文

出版：新雅文化事業有限公司

香港英皇道499號北角工業大廈18樓

電話：(852) 2138 7998

傳真：(852) 2597 4003

網址：http://www.sunya.com.hk

電郵：marketing@sunya.com.hk

發行：香港聯合書刊物流有限公司

香港荃灣德士古道220-248號荃灣工業中心16樓

電話：(852) 2150 2100

傳真：(852) 2407 3062

電郵：info@suplogistics.com.hk

印刷：中華商務彩色印刷有限公司

香港新界大埔汀麗路36號

版次：二○二四年三月初版

二○二四年六月第二次印刷

ISBN: 978-962-08-8357-6